AF391320

1913 - Février 26

420 — Chambre des Commissaires Priseurs
Envoi à la Bibliothèque Nationale

TABLEAUX MODERNES

Aquarelles - Pastels

DESSINS - GRAVURES

BRONZES

PARIS — 1913

CATALOGUE

DES

Tableaux Modernes

Par :

ANQUETIN, BERCHÈRE, BOULARD (A.), COLIN (G.)
DESHAYES (E.), FLERS, GRANIÉ, GUILLAUMIN, HAWKINS
HERVIER, HUMBERT (F.), JONGKIND, LEMORDANT
LÉVY (H.), MAUFRA, METTLING, PELOUSE (G.), ROUSSEAU (PH.)
SAÏN (P.), VOGLER, ETC.

AQUARELLES
Pastels et Dessins

Par :

ABBÉMA, ASTRUC, BONVIN (F.), BRESLAU (LOUISE), GRANIÉ
GUYS (CONSTANTIN), HERVIER, HOUBRON
JACQUEMART, METTLING, RENOUARD, VOGLER, ETC.

GRAVURES — BRONZES

Dont la vente aura lieu

HOTEL DROUOT, SALLE N° 11
LE MERCREDI 26 FÉVRIER 1913

à deux heures

Me EMILE BOUDIN	**MM. J. CHAINE & SIMONSON**
COMMISSAIRE-PRISEUR	EXPERTS
14, rue de la Grange-Batelière	19, rue Caumartin

Chez lesquels se distribue le Catalogue

EXPOSITION PUBLIQUE

Le Mardi 25 Février 1913, de 1 heure 1/2 à 5 heures 1/2

CONDITIONS DE LA VENTE

Elle sera faite au comptant.

Les adjudicataires paieront *dix pour cent* en sus du prix d'adjudication.

L'exposition mettant le public à même de se rendre compte de l'état et de la nature des objets, aucune réclamation ne sera admise une fois l'adjudication prononcée.

Paris. — Imp. de l'Art, Ch. Berger, 41, rue de la Victoire.

DÉSIGNATION

TABLEAUX

ANQUETIN

1 — *Les Bouchers.*

Signé à gauche.

Toile. Haut., 41 cent.; larg., 33 cent.

BARBABINI

2 — *Paysage.*

Initiale B.

Bois. Haut., 18 cent.; larg., 31 cent.

BERCHÈRE (N.)

3 — *Les Bords du Nil.*

Signé à droite.

Bois. Haut., 14 cent.; larg., 26 cent.

BERNE-BELLECOUR (E.)

4 — *Portrait de Femme.*

Signé à droite.

Bois. Haut., 16 cent.; larg., 12 cent.

BOULARD (A.)

5 — *Pêcheurs sur la plage.*

Initiales à droite : A. B.

Toile. Haut., 39 cent.; larg., 56 cent.

CHITUSSI

6 — *Chênes au plateau de Belle-Croix.*

Signé à gauche.

Bois. Haut., 15 cent.; larg., 21 cent.

COLIN (Gustave)

7 — *Etude de nu.*

Signé à gauche.

Toile. Haut., 61 cent. ; larg., 85 cent.

DESHAYES (E.)

8 — *Le Retour des pêcheurs.*

Signé à droite.

Bois. Haut., 35 cent.; larg., 24 cent.

FLERS

9 — *Village vu des hauteurs.*

Signé à gauche.

Papier. Haut., 21 cent.: larg., 31 cent.

GAUSSON

10 — *La Meule; soleil couchant.*

Signé à gauche.

Toile. Haut., 35 cent.; larg., 50 cent.

11 — *Rue de village.*

Signé à droite.

Toile. Haut., 56 cent.; larg., 42 cent.

GITTARD (A.)

12 — *Chemin en lisière du bois.*

Signé à gauche.

Bois. Haut., 27 cent.; larg., 22 cent

GRANIÉ

13 — *Portrait de Femme.*

Signé à gauche.

Bois. Haut., 29 cent.; larg., 25 cent.

GUILLAUMIN

14 — *Paysage : Saint Julien-des-Chazes.*

Signé à gauche.

Toile. Haut., 61 cent. ; larg., 73 cent.

15 — *Le Barrage.*

Signé à gauche.

Toile. Haut., 39 cent.; larg., 47 cent.

HAUWKINS (L. W.)

16 — *Portrait de femme.*
>> Signé à gauche.
>>>> Toile. Haut., 81 cent.; larg., 52 cent.

17 — *Paysage.*
>> Signé à droite.
>>>> Toile. Haut., 46 cent.; larg., 56 cent.

18 — *Les Moyettes.*
>> Signé à droite.
>>>> Toile. Haut., 46 cent.; larg., 56 cent.

19 — *La Ruche.*
>> Signé à gauche.
>>>> Toile. Haut., 44 cent.; larg., 61 cent.

HERVIER

20 — *Les Moulins.*
>> Signé à gauche.
>>>> Toile. Haut., 44 cent.; larg., 61 cent.

HUMBERT (F.)

21 — *L'Enlèvement de Déjanire. Esquisse.*
>> Signé à droite.
>>>> Toile. Haut., 65 cent.; larg., 55 cent.

INCONNUS

22 — *La Mort de Cléopâtre.*
>>>> Toile. Haut., 55 cent.; larg., 68 cent.

23 — *Le Torrent.*
>>>> Toile. Haut., 75 cent.; larg., 62 cent.

24 — *Tempête.*
>>>> Bois. Haut., 26 cent.; larg., 34 cent.

INCONNUS

25 — *La Fosse aux lions.*
>> Bois. Haut., 71 cent.; larg., 1 m. 15 cent.

26 — *Un Village.*

27 — *La Folle de Charenton.*

28 — *Portrait d'Homme.*

29 — *Femme jouant avec un enfant.*

30 — *Arabes.*

31 — *La Cueillette des pois.*

32 — *Le Modèle à l'atelier.*

33 — *Sainte Famille.*

JONGKIND

34 — *Le Quai d'Orsay ; au second plan, la Cour des Comptes et le Palais des Tuileries.*
>> Signé à gauche.
>> Papier entoilé. Haut., 21 cent.; larg., 37 cent.

LE MORDANT

35 — *Bretonnes sur la plage.*
>> Signé à droite.
>> Carton. Haut., 55 cent.; larg., 65 cent.

LÉVY (HENRY)

36 — *Faunes et Bacchantes.*
>> Toile. Haut. 21 cent.; larg., 38 cent.

37 — *La Mort du Christ.*
>> Signé à droite.
>> Bois. Haut., 30 cent.; larg., 34 cent.

LÉVY (Henry)

38 — *Portrait de Femme.*

Signé à droite.

Toile. Haut., 61 cent.; larg., 51 cent.

39 — *Portrait de Femme.*

Signé à gauche.

Toile. Haut., 55 cent.; larg., 29 cent.

MAUFRA

40 — *Marine. Étude.*

Signé à gauche.

Bois. Haut., 19 cent.; larg., 24 cent.

MERVILLE

41 — *Marine.*

Signé à gauche.

Bois. Haut., 25 cent.; larg., 19 cent.

42 — *Marine.*

Signé à droite.

Bois. Haut., 25 cent.; larg., 19 cent.

METTLING

43 — *L'Amateur d'estampes.*

Signé à gauche.

Bois. Haut., 41 cent.; larg., 29 cent

MILLAUCHAUD

44 — *Tête d'Homme.*

MOSENGEL (A.)

45 — *Paysage en Savoie.*
Signé à gauche.
Toile. Haut., 30 cent.; larg., 27 cent.

PAVY (Ph.

46 — *Cheval au bord de l'eau.*
Signé à droite.
Bois. Haut., 48 cent.; larg., 42 cent.

PELOUSE (G.)

47 — *Paysage.*
Signé à gauche.
Toile. Haut., 38 cent.; larg., 55 cent.

PERRET

48 — *Paysage.*
Signé à gauche.
Toile. Haut., 41 cent. ; larg., 33 cent.

49 — *Paysage.*
Signé à gauche.
Toile. Haut., 41 cent.; larg., 33 cent.

RAVEL (J.)

50 — *Le Savant.*
Signé à gauche.
Bois. Haut., 28 cent.; larg., 22 cent.

ROUSSEAU (Ph.)

51 — *Fleurs dans un bocal.*
Signé à gauche.
Toile. Haut., 62 cent.; larg., 43 cent.

52 — *Marguerites.*
Signé à gauche.
Toile. Haut., 62 cent.; larg., 43 cent.

SAIN (Paul)

53 — *La Plaine d'Issy à Billancourt.*

Signé à droite.

Toile. Haut., 24 cent.; larg., 40 cent.

SICKERT

54 — *Étude.*

Signé à droite.

Toile. Haut., 46 cent.; larg., 38 cent.

VACCARI

55 — *Étude de chien.*

Signé à gauche.

Toile. Haut., 33 cent.; larg. 41 cent.

56 — *Étude de chien.*

Signé à droite.

Carton. Haut., 41 cent.; larg., 55 cent.

57 — *Étude de chien*

VIGNET

58 — *Rue à Montmartre; temps de neige.*

Signé à droite.

Toile. Haut., 47 cent.; larg., 49 cent.

59 — *Marine.*

Signé à gauche.

Toile. Haut., 47 cent.; larg., 39 cent.

60 — *Dieppe la nuit.*

Carton. Haut., 41 cent.; larg,. 33 cent.

VIGNET

61 — *Marine, effet de nuit.*

Signé à gauche.

Toile. Haut., 43 cent.; larg., 61 cent.

VOGLER

62 — *Paysage, effet de neige.*

Signé à gauche.

Bois. Haut., 24 cent.; larg., 32 cent.

63 — *Les Meules sous la neige.*

Signé à gauche.

Toile. Haut., 61 cent.; larg., 82 cent.

64 — *Les Meules, dégel.*

Signé à gauche.

Toile. Haut., 60 cent.; larg., 82 cent.

65 — *La Repasseuse.*

Signé à gauche.

Toile. Haut., 74 cent.; larg., 61 cent.

ZANON

66 — *Paysage.*

Signé à droite.

Carton. Haut., 32 cent.; larg., 50 cent.

67 — *Le Labour.*

Signé à gauche.

Carton. Haut., 25 cent.; larg., 31 cent.

AQUARELLES
PASTELS, DESSINS

ABBEMA (Louise)
68 — *Œillets.*

Aquarelle. Signée à gauche.

ASTRUC (Z.)
69 — *Les Roses.*

Aquarelle.

BONVIN (F.)
70 — *Portrait d'Homme.*

Dessin. Signé à droite.

BRESLAU (L.)
71 — *Portrait de Femme.*

Pastel.

DUBUFE (E.)
72 — *Portrait de Femme.*

Pastel. Signé à droite.

FAU
73 — *Étude à Ménilmontant.*

Dessin.

FOREGO

74 — *Paysage.*
Dessin.

GRANIÉ

75 — *Étude pour le bonhomme Misère.*
Mine de plomb. Signé à droite.

GUYS (Constantin)

76 — *Au Bois de Boulogne.*

77 — *Les Filles.*

78 — *Danseuses.*

79 — *Femme à l'éventail.*

80 — *Fille et Soldat.*

81 — *Au Bal de Valentino.*

82 — *Général à cheval.*

83 — *Les Filles.*

84 — *La Femme au manchon.*

85 — *La Promenade.*

HERVIER

86 — *Paysage.*
Aquarelle. Signée à droite.

HOUBRON

87 — *Les Boulevards à Paris.*
Gouache. Signée à gauche.

88 — *Notre-Dame.*
Dessin gouaché. Signé à gauche.

89 — *L'Avant-Port de Calais.*
Aquarelle. Signée à gauche.

INCONNUS

90 — Dessin à la plume.

91 — *La Mascarade.*
Aquarelle.

92 — *Portrait de Femme.*
Pastel.

JACQUEMART

93 — *Armes et objets du Japon.*
Dessin à la plume.
Cachet de la vente à gauche.

LAMI (Attribué à E.)

94 — *Artilleur à cheval, 1848.*
Aquarelle.

LÉVY (H)

95 — *Tête de Femme.*
Signé à gauche.

MAILLOT

96 — *Portrait d'Homme.*

Pastel. Signé à gauche.

MASSONI

97 — *Ruelle en Italie.*

Aquarelle. Signée à gauche.

Vue. Haut., 54 cent.; larg., 37 cent.

METTLING

98 — *Portrait de Femme.*

Sanguine. Signée à droite.

RENOUARD (P.)

99 — *Le Sermon.*

Dessin.

VOGLER

100 — *Le Pont, effet de neige.*

Pastel. Signé à gauche.

101 — *Coucher de soleil.*

Pastel. Signé à gauche.

GRAVURES

BRONZES

BARYE

GRANDI

HÉBERT

MICHEL-ANGE (D'après)

ROSSO

METHEY

www.ingramcontent.com/pod-product-compliance
Lightning Source LLC
LaVergne TN
LVHW020853200726
843508LV00003B/1195